AF409688

Le jour
où la pluie s'arrêta

Myriam Caillonneau

Nouvelle

Publié en 2018 dans le recueil de nouvelles de l'association des auteurs indépendants du Grand-Ouest
Jour de pluie

Le jour où la pluie s'arrêta

Journal personnel : Planète M1265-09 - Jour 10
Teresa Malard — xénozoologiste

Enfin, je trouve le temps d'écrire dans ce journal. Je doute du bien-fondé de cet exercice, mais les psychologues de la mission pensent que cela nous permettra d'évacuer les tensions de la vie en communauté.

Nous avons quitté la Terre, il y a exactement deux ans, trois mois et dix-neuf jours, pour rejoindre cette planète. Selon les sondes envoyées avant nous, elle est propice à la vie humaine. Notre mission est de préparer les lieux pour l'implantation d'une colonie. Nous sommes tous excités à cette idée.

Notre arrivée a été un peu chaotique. Selon Carl, notre navigateur, nous nous sommes posés à plusieurs centaines de kilomètres du lieu prévu. Sven, notre capitaine, pense que cela ne pose pas de problèmes particuliers. Nous avons déployé le module d'atterrissage — peut-être, devrions-nous dire planètissage — pour créer l'embryon de la base.

La pluie tombe sans discontinuer depuis notre arrivée. Nous avons eu la mauvaise surprise de constater qu'elle causait des brûlures et nous nous sommes retrouvés avec plusieurs blessés. Les sondes n'avaient pas remonté ce phénomène. Le rapport indiquait même un climat sec. Sven est confiant. Il pense que cela ne durera pas.

= Δ =

Journal personnel : Planète M1265-09 - Jour 24

La base est enfin opérationnelle. Nous avons travaillé jour et nuit pour monter tous les modules et cette pluie continuelle ne nous a pas aidés. Nous avons dû revêtir nos combinaisons environnementales, ce qui nous a ralentis considérablement. Nous avons également fait une constatation inquiétante : il semblerait que la pluie attaque les combinaisons. Xander, notre xénoclimatologue, a été chargé par Sven d'étudier ce phénomène.

Cela ne nous a pas empêchés de faire une super fête pour célébrer la création de notre habitat. Je crois que Laurence et Kyle sont ensemble.

= Δ =

Journal personnel : Planète M1265-09 - Jour 35

C'est confirmé. La pluie est toxique. Impossible de rester à l'extérieur plus d'une heure sans combinaison. Nous avons aussi remarqué qu'au bout de quatre ou cinq heures, nos combinaisons étaient trop endommagées pour servir à quelque chose. Cela ne va pas être simple pour nos analyses.

Quelques voix se sont élevées pour exiger un retour sur Terre, mais Sven a refusé. D'autres ont demandé que nous tentions de rejoindre le site initial. Ils pensent que nous subissons cette pluie uniquement parce que nous ne sommes pas au bon endroit.

Je ne sais pas quoi en penser.

Je n'ai repéré aucune vie animale dans les environs de notre base.

$$= \Delta =$$

*J*ournal personnel : Planète M1265-09 - Jour 109

Je reprends ce journal après une longue interruption. Je n'avais rien de particulier à raconter. Il faut dire qu'on s'ennuie ferme dans la base et je n'ai pas envie de parler des histoires de cul qui émaillent notre vie. Cela n'arrange pas l'ambiance. Sven devient de plus en plus autoritaire.

Il pleut toujours.

Pas une seule accalmie depuis notre arrivée.

Le ciel est d'un gris presque violet, et tout cela pèse affreusement sur notre moral.

Nous faisons des sorties de quelques heures tous les jours et je n'ai rien trouvé d'intéressant… jusqu'à ce jour.

J'ai enfin découvert des insectes. Il va falloir que je les étudie. J'ai installé un piège à l'extérieur, car le protocole interdit de polluer l'intérieur de la base avec des éléments étrangers.

Ce soir, nous sommes sans nouvelles de Bob, Kyle et Laurence. Ils sont partis explorer la planète avec un véhicule, malgré l'opposition de Sven. Bob est notre xénocartographe et il voulait absolument en savoir plus sur ce qui nous entoure.

Je suis inquiète. J'aime bien Kyle et Laurence.

$$= \Delta =$$

Nous sommes en deuil. Bob est revenu à pied aujourd'hui. Il s'est effondré à 100 mètres de la base, la chair à vif. Il a été littéralement dévoré par la pluie. Il est mort quelques secondes après avoir été récupéré. J'étais là et je serai longtemps hantée par cette vision cauchemardesque. Le malheureux. Il a dû souffrir le martyre pour arriver jusqu'ici. Il a murmuré quelque chose à l'oreille de Sven, mais celui-ci affirme n'avoir rien compris.

Il nous cache quelque chose.

Nous ne savons pas ce qu'il est advenu de Kyle et de Laurence, mais nous ne nous faisons pas d'illusions. Ils sont morts.

Sven a décidé que nous étions confinés à l'intérieur de la base. Interdiction de sortir, sauf cas de force majeure. Il a verrouillé tous les accès et lui seul possède les codes pour les ouvrir.

Paolo et Yuri veulent que nous quittions cette planète, mais notre capitaine ne veut pas entendre parler d'un abandon de la mission.

$$= \Delta =$$

Il pleut ! Il pleut toujours. Il pleut tellement que j'ai l'impression d'entendre l'eau cogner sur le toit, même si je sais que c'est impossible.

J'ai fait un cauchemar cette nuit. Le genre qui s'accroche à vos pensées le matin. J'étais sur Terre, dans une sorte de cellule. Il y avait des barreaux aux fenêtres, des murs blancs, un lit en fer, une couverture rêche et des cris d'aliénés dans les couloirs. Je n'arrive plus à me souvenir des détails, mais le malaise ne me quitte pas.

Après l'incident, Sven a instauré un service de garde. À tour de rôle, nous passons deux heures dans l'un des modules d'observation à scruter l'extérieur. J'aime ces moments qui m'isolent du reste de l'équipe. Je regarde la pluie ruisseler sur le hublot en espérant qu'il résistera à la corrosion. Yuri, notre chef technicien, affirme que la base est construite avec un matériau très solide, mais, en aparté, il m'a révélé qu'en cas de problème, il faudrait privilégier le module initial, conçu pour résister à l'espace.

Cet après-midi, John et Yuri se sont battus pour un truc dérisoire. Être enfermé nous porte tous sur les nerfs. Sven les a punis de trois jours d'emprisonnement. Il devient de plus en plus despotique et soupçonneux. Dès que quelqu'un le contredit, il prend cela comme une atteinte à son autorité. Il commence à me faire peur.

= Δ =

Journal personnel : Planète M1265-09 - Jour 215

C'est Noël !

Pas de neige, mais toujours cette putain de pluie. Je n'en peux plus de la regarder tomber. Lors de mes tours de garde, je ferme les yeux. Et puis, j'ai l'impression d'avoir vu des ombres à l'extérieur. J'en ai parlé à Sven, qui m'a ri au nez.

Enfin, nous avons quand même fêté ce jour, en souvenir de la Terre et de nos familles. Silvio et moi avons dansé.

= Δ =

Journal personnel : Planète M1265-09 - Jour 217

Silvio m'a invité dans sa cabine. J'ai accepté. Je m'étais pourtant juré de ne pas tomber dans le piège d'une relation avec un membre de l'équipe, mais il est tellement adorable. Il est italien, le type même du charmeur qui me rebute d'habitude, mais son sourire, son accent, son humour, tout cela m'a apporté un peu de fraîcheur et de bonheur.
Je ne regrette pas d'avoir accepté.
Cela m'a fait énormément de bien.

= Δ =

Journal personnel : Planète M1265-09 - Jour 227

Silvio et moi, cela devient sérieux. Je suis heureuse. Il me fait oublier cette pluie de merde et ces connards de l'équipe.
Il ne se passe pas un jour sans qu'il y ait une dispute ou même une bagarre.

= Δ =

Journal personnel : Planète M1265-09 - Jour 299

Putain de planète de merde !

= Δ =

Journal personnel : Planète M1265-09 - Jour 300

Cette saloperie de journal ne sert à rien. Pourquoi j'écris d'ailleurs ?
C'est la dernière fois.

Il y a trois jours, Silvio a disparu lors d'une sortie. On vient de le retrouver... ou plutôt... On vient de retrouver son squelette. Il ne reste plus rien de lui.

Je n'en peux plus.

Silvio…

$$= \Delta =$$

Journal personnel : Planète M1265-09 - Jour 330

Cela fait 30 jours que je pleure. Aujourd'hui, Birgitta a réussi à m'arracher à ma dépression.

Rien ne sera plus jamais pareil, mais je ne peux pas rester enfermée dans ma chambre comme cela.

Tout devient compliqué dans la base. Effrayant, même. Je n'aime pas le climat qui y règne.

Ah… j'oubliais. Il pleut toujours.

$$= \Delta =$$

Journal personnel : Planète M1265-09 - Jour 365

Un an !

John, Yuri et Paolo ont tenté d'accéder au module pour envoyer un message vers la Terre. Sven et les gars de la sécurité les en ont empêchés. Ils ont été enfermés dans leur cabine jusqu'à nouvel ordre. Sven a même menacé de les bannir de la base s'ils recommençaient. Cette condamnation à mort a jeté un froid. Birgitta, notre psy, a réussi à le calmer, mais je commence à vraiment avoir peur.

Je veux rentrer aussi. Je n'en peux plus de cette pluie.

$$= \Delta =$$

Le train-train quotidien a repris et mes cauchemars aussi. Je me retrouve souvent dans cette chambre aux murs immaculés. Je suis enfermée et, parfois, un homme en blouse blanche entre pour me forcer à avaler un médicament. En général, cela me réveille. J'ai parlé à Birgitta de ce rêve, mais elle m'a dit de ne pas m'inquiéter, que c'était normal après un si long enfermement.

Ce matin, j'ai passé deux heures à regarder cette saloperie de pluie tomber sur le hublot. Je jurerai avoir vu quelque chose dehors, mais je n'ai rien dit. Je n'ai pas envie de subir le regard méprisant de Sven. La dernière fois que je l'ai alerté, il m'a menacé de m'enfermer avec une camisole de force et il ne plaisante pas.

J'ai rejoint la pièce de vie commune pour déjeuner et… Comment dire ?

Yann est devenu fou. Il s'est mis à hurler et à cogner contre les murs. Sven et Ivan ont essayé de le calmer, mais sans succès. Yann leur a échappé, il s'est emparé d'un couteau et, sans hésitation, il s'est tranché la gorge. Il y avait du sang partout. C'était horrible. Nous sommes tous restés pétrifiés par ce geste. Sven a bien réagi, avec beaucoup de sang-froid.

Valérie a pleuré. Je l'ai entendue dire des choses complètement incohérentes. Elle parle de monstres dans les murs. J'ai prévenu Birgitta, mais elle a haussé les épaules. Notre psy est de plus en plus distante, comme si elle se moquait de ce qui nous arrive.

$$= \Delta =$$

Journal personnel : Planète M1265-09 - Jour 404

On a retrouvé Valérie dans sa chambre. Elle s'est pendue avec un drap.

$$= \triangle =$$

Journal personnel : Planète M1265-09 - Jour 410

J'entends des bruits étranges à l'extérieur de la base et je n'ose plus regarder la pluie. J'ai demandé à Alexis, notre médecin, si j'étais malade. Il m'a auscultée. Je vais bien.

Cette nuit, quelqu'un a essayé d'ouvrir la porte de ma chambre. Pourtant, le matin, personne n'a avoué l'avoir fait.

Dans la soirée, Ivan s'est opposé à Sven, alors qu'ils ont toujours été très complices. Ils se sont battus. Sven lui a cassé la gueule et l'a fait enfermer dans sa chambre.

J'ai le sentiment qu'une catastrophe nous guette.

$$= \triangle =$$

Journal personnel : Planète M1265-09 - Jour 411

J'ai encore fait ce rêve, mais avec une variante cette fois-ci. L'homme en blouse blanche m'a conduite dans un bureau où une femme m'a interrogée sur mes rêves. Je lui ai parlé d'une planète sous la pluie et elle s'est contentée de hocher la tête en prenant des notes.

Des appels au secours m'ont réveillée. Je me suis précipitée à l'extérieur. Birgitta était étendue devant la chambre d'Ivan, le crâne défoncé. Ivan me regardait avec un pied de chaise à la main. Il s'est précipité vers moi. Je me *suis enfuie en hurlant. Je me suis retrouvée dans la cuisine. J'ai attrapé un couteau à découper la viande et je me suis jeté sur lui au moment où il passait la porte. Je n'ai pas pris de risque. Je lui ai planté la lame dans le cœur.*

Sven m'a accusé de meurtre. Je lui ai dit pour Birgitta, mais il affirme qu'il ne connaît aucune Birgitta. Je suis terrifiée. Sven a complètement perdu la tête.

= Δ =

Journal personnel : Planète M1265-09 - Jour 412

Je me suis réveillée après un autre cauchemar. J'étais de nouveau face à cette femme. Elle m'a dit que j'étais psychotique.

Je n'ai pas réussi à me rendormir, alors j'ai décidé d'écrire dans ce journal. Quelque chose me dit que c'est important, qu'un jour, peut-être, quelqu'un le découvrira.

J'entends des cris dans la base, des coups de feu… j'ai appelé à l'aide, mais personne ne me répond. Je ne sais…

= Δ =

Une explosion secoue la base et la lumière s'éteint. Plongée dans le noir, Teresa pousse un cri de terreur. Elle reste immobile de longues minutes, en espérant que l'électricité soit rétablie, mais elle n'entend rien. Elle se décide à gagner la porte à tâtons, en se tenant aux meubles. L'obscurité est totale et le silence est pesant. Son cœur bat à tout rompre. Elle essaye d'ouvrir la porte, mais il faut du courant pour que le battant coulisse. Elle est enfermée. Elle panique. Elle essaye de faire glisser le panneau et, à sa grande surprise, elle arrive à le bouger. Elle avait oublié que les verrous sont électriques. Elle pousse de toutes ses forces et arrive à dégager un passage. Elle se faufile dans l'ouverture. La base est plongée dans le noir, uniquement éclairée par les lampes de secours qui diffusent une lumière tremblotante. Elle cherche les autres. Il n'y a personne. La salle commune est vide. Il n'y a pas âme qui vive dans la partie technique. Les chambres sont désertes. Elle se risque jusqu'au bureau de Sven, le capitaine. Il n'est pas là. Son ordinateur portable est allumé. Il est tellement paranoïaque qu'il a pris l'habitude de tenir son journal sur un appareil déconnecté du réseau. Teresa s'approche. Sur l'écran, sous la date du jour, une seule phrase est écrite :

Aujourd'hui, la pluie s'est arrêtée.

Teresa relit plusieurs fois ces quelques mots. Elle n'arrive pas à y croire. Après quatre cent douze jours, la pluie se serait arrêtée. Cela lui semble improbable. Elle ferme les yeux, mais, lorsqu'elle les rouvre, les mêmes mots sont toujours là :

Aujourd'hui, la pluie s'est arrêtée.

Elle doit en avoir le cœur net. Elle se précipite vers le sas, dont Sven est le seul à posséder les codes d'accès. Il est grand ouvert. Elle s'approche, lentement, l'angoisse menace de l'étouffer. Elle s'arrête sur le pas de la porte et jette un coup d'œil dehors. La première chose qu'elle voit, c'est le ciel bleu, sans aucun nuage. Elle marche à l'extérieur sans s'en rendre compte. Il ne pleut plus. C'est incroyable, il ne pleut plus.

Et c'est alors qu'elle les voit… les corps… partout… l'équipe… Alexis, John, Yuri… Sven… ils sont morts. Sven a encore une arme automatique à la main, Paolo est effondré contre un rocher, un pistolet serré dans son poing. Ils se sont entretués. Elle hurle ! Elle ne s'en est même pas rendu compte, mais elle hurle de façon presque inhumaine et elle s'enfuit, à l'aveuglette.

= Δ =

Teresa ouvre les yeux. La pièce est blanche. Un rayon de soleil luit à travers une minuscule fenêtre barreaudée. Elle est ligotée sur un lit en métal, les yeux grands ouverts dans le vide, un filet de bave dégoulinant le long de sa joue.

— Nous l'avons perdue, soupira une femme au chignon strict. Sa psychose l'a entraînée dans son délire.

— Vous avez raison, docteur. Être emporté par la folie, si jeune… quel malheur !

— Il arrive que la perte d'un être cher serve d'élément déclencheur. Comment s'appelait-il, déjà ?

— Silvio, docteur. Il est mort dans un accident de voiture, lors d'un orage. Le véhicule a dérapé à cause de la pluie.

— C'est vrai. Quel malheur ! Gardez-la sous calmant. Je repasserai la voir en fin de semaine.

— Oui, docteur.

Sven, l'infirmier, referma la porte après un dernier regard désolé vers la jeune femme. Son service était terminé pour aujourd'hui. Il quitta l'asile et rentra chez lui.

= Δ =

Dans un monde terrifiant, à la végétation luxuriante et inconnue, Teresa court toujours. La panique lui donne des ailes. Il lui faut un abri. Elle a vu Sven se relever. Il ne doit pas la rattraper.

Et soudain, la pluie se remet à tomber.

LE PONT DU DIABLE

MYRIAM CAILLONNEAU

Le pont du diable

Myriam Caillonneau

Nouvelle

Publié en 2017 dans le recueil de nouvelles de l'association des auteurs indépendants du Grand-Ouest
Légendes : Entre terres & mers

Le pont du diable

Je vais vous raconter une histoire. J'aime chuchoter des récits le soir au coin du feu. J'aime promener celle ou celui qui m'écoute. J'aime le perdre et le surprendre. Je suis celui qui garde vivaces les légendes de notre belle région. Je suis un conteur.

Voulez-vous m'écouter ? Voulez-vous entendre cette histoire ? Je suis certain que vous le voulez. Je me dois pourtant de vous prévenir. Cette histoire a un prix. Êtes-vous prêt à le payer ?

Oui ? Vous êtes sûr ?

Très bien.

Alors, écoutez moi… Entendez-moi… Suivez-moi sur les chemins de la Bretagne.

C'était un matin, comme tous les matins en Bretagne. Il faisait frais, mais le ciel bleu promettait une belle journée, sauf si la marée en décidait autrement. Paol Gornek aimait cette région. La tradition y était profondément ancrée. Elle soufflait sur les demeures de granit, elle poussait dans les jardins, elle nourrissait les enfants et prolongeait la vie des anciens. Depuis toujours, elle coulait dans les veines des Bretons. Paol appréciait ce pays situé au bout du monde. Pen Ar Bed, comme disaient les autochtones. Il avait sillonné la Terre en tous sens, mais il conservait un attachement particulier pour ces lieux.

Ce matin-là, assis sur les marches usées qui menaient à la chapelle de Prat Paol, il attendait le chaland. Le site était chargé d'histoire, tranquille et reposant. Il était idéal pour un conteur et le fait qu'il soit peu fréquenté avait lui aussi un rôle à jouer dans son choix. Paol avait laissé passer une famille, ainsi qu'un groupe de promeneuses d'un certain âge, sans s'interposer. Les Bretons connaissaient les légendes, aussi ne servait-il à rien de les importuner avec des récits qu'ils avaient déjà entendus.

Enfin, il vit arriver ceux qu'il attendait : un couple de Parisiens d'une cinquantaine d'années. Il se leva et épousseta son grand manteau. C'était un homme sans âge, dont le visage tanné, buriné et mangé par une barbe soignée correspondait à la perfection à l'idée que les touristes se faisaient d'un conteur breton. Paol Gornek ôta son chapeau à large bord, dévoilant de longs cheveux blancs. Il accueillit les visiteurs avec un sourire et une lueur malicieuse dans son regard gris sombre.

— Bonjour, mes amis ! dit-il d'une voix tonitruante. Approchez ! Venez entendre les légendes du pays des Abers.

— Vous pouvez nous faire visiter cette chapelle ?

— Non, ma chère madame. Prat Paol est fermée.

Ce n'était pas le cas, mais le conteur n'aimait pas les églises. Il n'y était pas le bienvenu. La touriste se renfrogna avec cet air pincé qui suggérait qu'elle était rarement contredite.

— Mais je peux vous faire découvrir des lieux intéressants tout en racontant les légendes qui s'y rapportent.

— Cela ne nous…

— Cela pourrait être sympa, Catherine. Le coin est joli.

— Nous pouvons très bien nous débrouiller seuls, Jean-Marc.

— Essayons, insista l'homme.

— Soit. Comme tu veux !

Le ton sec laissait sous-entendre que le mari serait tenu responsable si quelque chose ne se déroulait pas bien. Paol se contenta de sourire.

— Que proposez-vous ?

Cette Catherine était bien celle qui portait la culotte dans le couple. Il ne s'était pas trompé. Parfait !

— Eh bien ! c'est très simple. Je vous guide et, tout en marchant, je vous narre les légendes de ces lieux.

— Et pour quel prix ?

— Da ene.

La femme fonça les sourcils, un peu agacée.

— Désolé, c'est du breton, s'excusa Paol avec un sourire faussement contrit. Cela signifie : ce que vous voudrez. Vous me paierez ce que vous estimerez juste. J'aime raconter des histoires et faire partager les légendes du pays de mes ancêtres. L'argent m'importe peu.

— Eh bien, fit Catherine un peu déstabilisée par la réponse du conteur.

— Pas de problème, déclara Jean-Marc d'un ton jovial. *Da ene*, nous sommes d'accord.

Paol tendit la main comme pour sceller cet accord et le Parisien se plia à cette coutume qu'il devait trouver amusante. Sans attendre, le conteur s'engagea sur la petite route ombragée tout en narrant à ses clients la vie des paysans à cette époque lointaine où les légendes couraient les chemins. Sa voix grave, sa diction précise et parfaite, ainsi que son léger accent breton donnaient au récit un caractère presque hypnotisant. Les deux touristes le suivirent en buvant ses paroles et, quand il fut certain d'avoir capté toute leur attention, il commença à raconter l'une de mes histoires préférées.

— Il y a très longtemps, un moulin se dressait non loin de la chapelle. Il approvisionnait en farine les environs, mais aussi la petite ville de Lannilis située sur l'autre rive. Le meunier n'avait certes que l'aber à traverser, mais les pentes étaient abruptes et traîtresses. Et puis, il ne possédait pas de bateau pour franchir ce bras de mer. Le malheureux devait donc faire un long et épuisant détour avec l'aide d'une mule récalcitrante. Il pestait quotidiennement contre ses clients, contre le temps, la pluie, le vent, le soleil… et aussi, contre cette damnée mule indocile, cette foutue mule, cette mule du diable. Le roi des enfers dut être agacé de cette plainte sans fin, car un jour, la mule mourut.

Paol sourit. Il aimait raconter cette partie de l'histoire. En général, ceux qui l'écoutaient arrêtaient de se lamenter au sujet des insectes ou des cailloux sur le chemin, comme s'ils craignaient que le diable prenne ombrage de leur mauvaise humeur.

— Le meunier était pauvre, poursuivit-il. Il n'avait pas les moyens de s'acheter une autre mule. Cependant, ses clients attendaient sa farine et, s'il ne les livrait pas, ils risquaient de faire appel à un autre moulin. Il n'eut pas d'autre choix que de porter lui-même les sacs jusqu'à Lannilis. Après trois jours et de nombreux voyages, le malheureux était épuisé. Il se traînait sur le chemin, râlant et jurant encore plus que d'habitude. Il invectivait Dieu et le diable, sans distinction.

Les trois promeneurs arrivèrent sur un petit parking qu'ils traversèrent avant de s'engager sur un chemin étroit qui les obligeait à marcher l'un derrière l'autre. Paol éleva la voix pour être certain que ses deux clients continuaient à bien l'entendre.

— Le matin du quatrième jour, le meunier heurta un caillou et trébucha. Déstabilisé, son lourd fardeau glissa de son épaule et tomba sur le sol. Il tenta de le remettre sur son dos, mais il n'en avait plus la force. Il commença par déverser un flot de jurons à la Terre entière, puis le désespoir jouant, il implora l'aide de Dieu. À genoux dans la poussière, il leva les mains vers le ciel et pria. Le Créateur ne daigna pas répondre à ce mauvais chrétien. Alors, à bout de force, le meunier en appela au diable.

Le conteur s'arrêta et fit face à ses clients. Il ne voulait pas gâcher son histoire.

— Étrangement, un homme apparut au détour du chemin. Il était grand, vêtu d'une longue houppelande et coiffé d'un chapeau à large bord qui dissimulait son visage. Le meunier se leva, surpris et un peu gêné d'être découvert dans cette position dégradante.

« Bonjour, mon ami, salua l'étranger. Je vois que vous avez besoin d'assistance.

— Oui, répondit le meunier un peu surpris par cette arrivée. Ce sac est très lourd. Pourriez-vous m'aider à le remettre sur mon dos ?

— Certainement. Je peux faire plus encore.

— Comme quoi ?

— Si je comprends bien, vous vous rendez à Lannilis. Une bien longue route lorsqu'on est aussi chargé.

— Ben, oui.

— S'il existait un pont au-dessus de l'aber, cela ne vous faciliterait-il pas la tâche ?

— Si bien sûr, mais ce pont n'existe pas.

— Je pourrais le construire. Très rapidement. Il suffit de me payer.

— Je n'ai pas d'argent.

— Je ne veux pas d'argent, mon ami.

L'attitude de cet homme l'effrayait. Il avait entendu tellement d'histoires, racontées le soir à la veillée. Toutes donnaient le même conseil : ne pas écouter les inconnus. Seulement, voilà, il était épuisé, découragé et, surtout, il avait besoin d'aide. Alors, malgré lui, il demanda :

— Que voulez-vous ?

L'étranger sourit avec dans le regard une lueur mystérieuse qui terrorisa le Breton.

— Je veux… une âme, déclara calmement le voyageur.

Le meunier recula précipitamment, comprenant enfin à qui il avait à faire.

— Diaoul ! s'exclama-t-il en faisant un signe de croix. »

— Diaoul veut dire diable en breton, expliqua Paol. Le prince des démons existe chez tous les peuples. Il est aussi l'être qui possède le plus de noms. Les humains trouvent sans doute cela rassurant.

— Ces croyances sont d'un autre âge, affirma Catherine avec condescendance.

— Certes, concéda le conteur en s'inclinant. Cependant, la Bretagne est un vieux pays et les mythes y ont la vie dure.

— Ce ne sont que des légendes. Le diable n'existe pas vraiment. Il représente la méchanceté des humains, tout simplement.

— Voilà une conviction intéressante, souligna Paol avec une grimace ironique. Je ne débattrai pas avec vous sur l'existence du Diaoul, je ne suis qu'un conteur qui prend plaisir à transmettre les récits du passé. Et puis, comme dans toutes les histoires, celle-ci possède une part de vérité. Si vous me le permettez, je poursuis.

Catherine acquiesça avec une grimace méprisante qui amusa le conteur.

— L'étranger laissa échapper un petit rire moqueur, reprit Paol. Il ôta son couvre-chef et salua le meunier d'un geste ample.

« En effet, c'est l'un de mes nombreux noms. Puisque tu sais qui je suis, tu connais mon pouvoir. Je te propose de construire un pont en une seule nuit. Si j'échoue, je disparaîtrai et jamais je ne reviendrai dans cette région. Si je réussis – et je réussis toujours – tu pourras emprunter ce pont qui fera ta fortune, j'en suis certain. Demain, lorsque le pont sera construit, je m'emparerai de l'âme de la première personne qui traversera la chaussée.

— Je ne peux pas…

— Ce prix est aisé à payer, mon ami et, considérant le service que je te rends, je dirais même qu'il est bon marché. Rassure-toi, je ne dis pas qu'il doit s'agir de ton âme. »

Catherine leva les yeux au ciel, cette histoire dérangeait sa conception cartésienne de la vie. Jean-Marc, au contraire, était captivé par son conte.

— Le meunier hésita, poursuivit Paol. Il était en retard sur ses livraisons. Il ne pourrait pas rattraper le temps perdu, pas sans une mule. Il n'avait guère le choix. Il accepta. Le Diaoul tendit une main pour sceller leur accord et, avec appréhension, le meunier la saisit. Elle était chaude, presque brûlante. De près, les prunelles de l'étranger semblaient rouges, comme si un feu couvait derrière le voile de ses paupières. Le Diaoul le congédia et lui donna rendez-vous le lendemain matin, au lever du soleil. Le meunier rentra chez lui.

Le conteur reprit sa marche sans ajouter un mot et ses clients captivés le suivirent comme les victimes envoûtées par le joueur de flûte de Hamelin.

Au détour du chemin, ils découvrirent un spectacle incroyable. Sous leurs yeux, l'Aber-Wrac'h serpentait calme et majestueux. Ce bras de mer qui s'enfonçait dans les terres tel un fjord norvégien offrait un paysage splendide, très spécifique à ce coin de la Bretagne. Le cours de l'eau était coupé par une chaussée de pierre qui paraissait émerger des flots comme par magie.

Le conteur laissa Catherine et Jean-Marc admirer la majesté des lieux pendant quelques secondes.

— Le lendemain, reprit-il, lorsque le meunier arriva en vue de l'aber, une chaussée de pierre avait été construite. Le Diaoul armé d'un grand marteau se trouvait de l'autre côté. Il attendait sa proie. Le meunier descendit vers ce pont surnaturel, mais juste avant de mettre un pied sur les blocs de granit, il s'arrêta comme saisit par la peur. Il posa son sac sur le sol pour reprendre son souffle. De l'autre côté, le diable attendait, patiemment. Le meunier finirait par traverser. Il le savait. Les humains étaient ainsi faits, ils ne savaient pas résister à la curiosité, à la tentation ou à l'appât du gain.

— Cela n'a pas changé, intervint Catherine.

— Chut, souffla Jean-Marc.

— Le meunier ouvrit le sac de farine et en extirpa un chat noir, continua le conteur sans paraître agacé par l'interruption. Le félin feulait et se débattait, mais l'homme le tenait fermement par la peau du cou. Il posa le chat sur la chaussée de pierre et le relâcha. Affolé, l'animal fila sur le pont et le traversa à toute vitesse. À peine de l'autre côté, il s'effondra au pied du Diaoul. Furieux d'avoir été berné, le diable poussa un hurlement de rage qui résonna dans tout l'aber. Il fit tournoyer son marteau avec l'intention d'écraser le meunier ou de détruire ce pont. Seulement, un marché était un marché. Même lui devait s'y plier. Furieux, le Diaoul projeta son marteau avec force. Il vint s'enfoncer profondément dans le sol. Un grondement sourd tonna au-dessus de l'aber et un éclair frappa l'outil démoniaque, unissant le ciel et la terre l'espace d'un instant. Lorsque le meunier retrouva l'usage de ses pupilles, une croix de pierre avait remplacé le marteau. Cette croix de pierre, précisa Paol en montrant le monument de granit de l'autre côté du pont. Puis, dans l'éruption d'une flamme incandescente, le Diaoul disparut. Depuis, on dit que lorsqu'un imprudent tombe du pont, ce n'est pas parce qu'il est ivre, mais parce que le diable l'a poussé.

— Bravo, s'écria Jean-Marc en applaudissant.

Le conteur s'inclina avec grâce.

— Venez, traversons, proposa-t-il en s'engageant sur le pont.

— Ce n'est pas nécessaire, protesta Catherine.

— Ne me dites pas que vous craignez la malédiction, répliqua Paol avec un rire sarcastique.

— Bien sûr que non. Viens ma chérie, traversons.

Jean-Marc suivit le conteur qui avançait rapidement, d'un pas plus alerte que ce qu'on pouvait attendre d'un homme de son âge. Il arriva sur l'autre rive et se retourna pour observer le Parisien qui progressait avec précaution. Le touriste atteignit le bout de la chaussée et fit signe à son épouse de le rejoindre. Elle lui répondit d'un geste excédé et posa un pied prudent sur le premier bloc. Jean-Marc grimpa la pente, mais une fois en haut de la berge, il s'effondra comme une marionnette dont on aurait sectionné les fils. Catherine poussa un cri et se précipita vers eux sans se préoccuper de la chaussée glissante. La mer monta soudainement et le pont fut coupé en deux par un flot tumultueux qui l'obligea à s'arrêter.

— Paol, aidez-le ! cria-t-elle.

— Ah… Les humains…, clama le conteur d'une voix plus forte, plus arrogante et plus menaçante. Vous n'apprenez jamais rien. Vous ne retenez rien. Vous ne savez rien. Vous affirmez ne pas croire les légendes, mais vous aimez les écouter sans les comprendre.

— Arrêtez de parler et faites quelque chose !

D'une main fébrile, elle farfouilla dans son sac et en sortit son téléphone portable. Elle ne remarqua ni le vent qui enflait ni l'odeur soufrée qui s'élevait de la mer. Elle tapa une série de chiffres et leva l'appareil à son oreille. Une rafale violente la déstabilisa. Elle fit un pas de côté pour se rattraper et le téléphone s'échappa de sa main. Il rebondit une fois sur le granit avant de sombrer dans l'aber.

— Il ne faut jamais croire les conteurs, ironisa Paol. Les Bretons le savent bien. Un conteur n'est pas une personne de confiance. Un conteur travestit la vérité et, ainsi, façonne la réalité.

— C'est n'importe quoi ! Et nous n'avons pas le temps pour tout cela. Appelez les secours !

— Les conteurs arrangent les histoires, les sculptent selon leur humeur. Un chat noir ! Vous y avez cru ?

— Appelez les secours !

Elle devenait hystérique et cela amusa Paol.

— Les secours ne peuvent rien pour lui. Votre époux paie tout simplement sa dette.

— Quelle…

— *Da ene*. Il a accepté. Je prends mon dû.

— Mais nous vous aurions payé, voyons.

— En breton, *da ene* signifie : ton âme.

Catherine recula. Elle essayait de se dire que tout cela n'était qu'une blague. Cela ne pouvait pas être ce qu'elle croyait comprendre.

— Pauvre folle ! Crois-tu que je me serais satisfait de l'âme d'un animal ? Non, je me suis emparé de celle du meunier. C'est moi qui ai répandu cette histoire de chat et elle a fini par faire partie du folklore breton. Veux-tu entendre le vrai récit ?

Elle ne répondit pas. Elle se contentait de le fixer, les yeux exorbités.

— Le meunier a accepté de donner une âme. Il n'a pas apporté un chat, mais il a envoyé son commis : un gamin de quatorze ans. Comme tu le vois, le meunier n'était pas quelqu'un de bien recommandable. Il était prêt à sacrifier un enfant pour son profit. Il se serait plu dans ce vingt et unième siècle où les humains sont si avides. Le meunier a donc ordonné à ce garçon de porter un message à Lannilis en empruntant le pont… mon pont. Seulement, le commis a désobéi. Il a cru que son maître avait abusé du chouchen comme souvent, car il n'existait aucun pont sur l'aber. Le gamin se contenta de prendre le chemin habituel. Deux heures plus tard, persuadé d'être immunisé, le meunier s'engagea sur le pont et ainsi, m'offrit son âme. Je m'en suis emparé et je l'ai envoyé me servir en enfer. Ton époux le rejoindra bientôt.

— Espèce de… Vous êtes un… un psychopathe.

— Mais non, idiote ! Paol Gornek est l'un des nombreux noms de celui dont tu as nié l'existence. Je suis le Diaoul, le diable, ajouta-t-il en riant.

Paol ressentit la terreur de Catherine. Il s'en nourrit. Il aimait cette saveur suave. La malheureuse fit demi-tour et commença à courir sur le pont. Elle espérait trouver de l'aide sur l'autre rive. Le Diaoul l'observa quelques secondes puis claqua des doigts. Elle trébucha comme si un géant lui avait donné une bourrade et glissa sur le bord de la chaussée. Elle tenta désespérément de se rattraper, mais ce pont n'avait pas de rambardes. Catherine tomba dans l'eau. Les flots s'emparèrent d'elle et l'entraînèrent vers l'embouchure, puis vers la mer. Elle ne serait qu'une touriste imprudente de plus.

Satisfait, le conteur s'approcha de Jean-Marc. Il contempla sa victime un instant, avec un air pensif. Il claqua des doigts et une brume légère s'éleva du corps, tournoya dans la douce brise marine, avant de s'enrouler autour de lui. Il inspira profondément, absorbant cette essence, cette âme librement offerte. Il s'étira avec délice, savourant cet afflux de puissance fournie par cette vie qui lui appartenait désormais. Paol Gornek fit un autre geste et l'enveloppe charnelle de ce qui avait été un être humain sembla s'effilocher, puis se transforma en fumée qui disparut dans le néant. Jean-Marc ouvrirait les yeux dans les enfers, sans son âme, esclave pour l'éternité. Le Diaoul s'accorda quelques minutes pour savourer cette victoire et pour admirer le paysage. Il aimait la quiétude des lieux, il appréciait leur beauté. Puis avec un sourire satisfait, le conteur reprit la route. Il reviendrait dans un an.

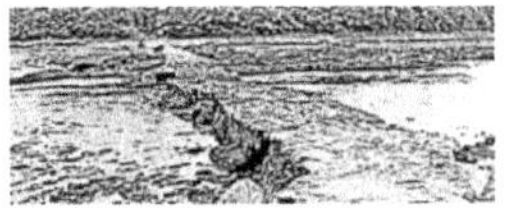

Décidément, j'aime cette histoire. Les mots possèdent un grand pouvoir. Ils ont leur propre musique, ils transcendent, ils envoûtent. Ils capturent.

N'est-ce pas ?

Je me tourne vers ma nouvelle proie qui me fixe sans pouvoir bouger, immobilisée. Un regard extérieur ne verrait qu'un corps effondré sur le sol, moi, je vois son âme figée au-dessus de cette enveloppe de chair désormais inutile. Son essence est à l'image de ce qu'il fut : un bel homme, grand, musclé, la trentaine. Il me fixe, les yeux écarquillés.

— Tu es mien. Tu as accepté le marché que je t'ai proposé.

Il n'arrive pas à parler. Il secoue la tête. Cela m'amuse. J'inspire profondément et son âme vient à moi, irrésistiblement attirée. Il hurle silencieusement, en proie à une terreur sans nom. Je l'absorbe. Je perçois sa colère, mais surtout sa stupéfaction. Je peux le comprendre. J'ai usé d'une ruse pour obtenir son accord. Je suis le manipulateur et j'emploie le mensonge comme une arme.

Quelle fourberie ai-je utilisée cette fois-ci ?

Ah ! ne comptez pas sur moi pour vous la dévoiler. Je suis un conteur et je dispose de nombreuses histoires pour attirer mes proies, pour m'approvisionner en âmes fraîches. Le pont du diable n'est pas le seul piège que j'ai posé. Il y en a d'autres… Il y en a beaucoup d'autres…

Vous insistez ?

Vous voulez savoir ?

Soit.

Cette histoire, par exemple, est un magnifique traquenard.

N'est-ce pas ?

Vous ne comprenez pas ?

Je vous avais prévenu, pourtant. Lire ce récit avait un coût et il est temps de régler votre dette.

Le prix ? Ai-je omis de le mentionner ?

Je veux…

Da ene !

Paol Gornek

Les Larmes des Aëlwynns
Extrait

Un vent glacial soufflait sans discontinuer depuis le matin. Il s'insinuait entre les chariots, tournoyait autour des bœufs poilus et soulevait les manteaux des voyageurs. Le convoi marchand avait quitté Cathair Silidh sous un soleil timide, et Kenan Daïn avait espéré que ce temps presque clément se maintiendrait.

— Damné pays ! jura-t-il entre ses dents.

Il détestait le royaume de Vistdäl. À ses yeux, cette contrée froide n'était qu'une immense lande coincée entre deux chaînes de montagnes et recouverte de neige la moitié de l'année. Son roi n'était rien de plus qu'un chef de clan avec un peu plus de pouvoir que ses voisins. Le pays ne possédait que trois villes dignes de cette appellation, mais les Vistdälins n'étaient pas des citadins. Ils préféraient vivre dans leurs villages fortifiés qu'ils nommaient des häfnairs. Ces murs étaient souvent leur seule protection face aux tribus barbares ou aux hordes de loups qui infestaient les steppes. Malgré toutes ses récriminations, cette vie rude convenait à Kenan, qui vendait ses talents de mercenaire aux marchands voyageant sur ces routes dangereuses. Cela payait bien, très bien même, et c'était tout ce qui lui importait.

Il releva le col en fourrure de son manteau d'un geste fataliste. Il fallait une bonne dose de résignation pour vivre dans cette région du monde. Les yeux plissés pour affronter la bise, Kenan observa l'horizon avec attention, prêt à donner l'alerte. L'ombre qu'il avait aperçue n'était qu'un vautour des glaces, sans doute attiré par une charogne. Néanmoins, il resta vigilant, car ce tronçon de route était la partie la plus périlleuse du trajet vers le sud. Les barbares de la grande steppe y effectuaient de très fréquents raids. Il accéléra le pas pour remonter le long de la file de chariots lourdement chargés. Il lorgna la rousse assise sur le siège de la voiture de tête. Elle était enfouie dans une épaisse pèlerine en fourrure et sa peau claire était rougie par l'air glacial. Elle était plutôt jolie avec son nez en trompette et sa bouche pulpeuse. Elle lui rendit son regard avec un sourire mutin. *Intéressant*, songea Kenan. *Ce voyage sera peut-être moins ennuyeux que prévu.* La jeune femme, qui n'avait pas l'habitude de ce climat, devait être frigorifiée, car elle resserra les pans de son manteau pour se préserver du froid mordant. Elle lissa sa lèvre supérieure du bout de sa langue, tout en le fixant avec une gourmandise qui l'excita. Comme toutes les femmes non mariées d'Ulmaria, elle ne devait pas être prude. Selon la coutume de sa région, elle avait le droit de choisir ses amants comme elle le souhaitait. La plénitude sexuelle était l'un des piliers du couple chez les Ulmarites et la tradition voulait que les jeunes gens s'exercent avec le plus de partenaires possible. Il avait adoré les années passées au sud d'Ysaldin ; les femmes y étaient magnifiques, rousses ou brunes, avec des corps splendides, des sourires éclatants et une fougue au lit qui arrivait presque à l'épuiser.

Au nord du continent, les journées étaient courtes et il faisait déjà nuit lorsque le convoi s'arrêta au « Relais de la Fourche ». Ce bâtiment fortifié, que les locaux appelaient un tothaïr, s'élevait au milieu de nulle part, là où la route venant du royaume d'Ysaldin se séparait. Une branche filait vers Cathair Silidh et l'autre menait à Cathair Mór, la capitale du Vistdäl. Tout autour, la steppe s'étendait à perte de vue, dénudée, gelée et déserte.

Les chariots se rassemblèrent rapidement pour former un cercle défensif, puis les conducteurs s'occupèrent des bœufs avec la célérité née d'une grande habitude. Le chef de la caravane, Larath Samani, rejoignit Kenan tandis que les autres marchands se hâtaient vers le relais, presque courbés en deux pour lutter contre le vent. Au bras de son père, la jolie rousse ne quittait pas le mercenaire des yeux.

— Daïn, je vous charge d'organiser la sécurité du camp. Ma fille et moi passerons la nuit dans cette auberge, avec nos amis.

— Je préférerais que vous restiez ici, répondit Kenan d'une voix grave, presque rauque.

— Je vous rappelle que vous êtes à mes ordres et pas le contraire.

— Et que dois-je protéger ? Vous ou les marchandises ?

— Nous ne risquons rien dans ce relais.

— Dans ce foutu pays, le danger se cache partout.

— Nous en discuterons une autre fois, Daïn. Je suis gelé. Viens, ma fille, une soupe chaude nous attend.

La jeune femme suivit son père tout en jetant un coup d'œil par-dessus son épaule. Elle sourit au mercenaire, qui prit cela pour une invitation. Il y répondit en s'inclinant légèrement. Immobile dans le froid, Kenan s'assura que ses clients étaient à l'abri avant de vérifier les défenses du campement. Puis, sans plus s'inquiéter, il rejoignit le « Relais de la Fourche ». L'architecture du tothaïr se résumait à un cube en pierre, aux fenêtres étroites qui, en cas d'attaque, pouvaient se transformer en meurtrières. Près de l'entrée, un homme haut comme une montagne, emmitouflé dans une lourde houppelande, montait la garde. Un franc sourire éclaira sa face rude.

— Kenan Daïn ! C'est toujours un plaisir de te voir.

— Je n'en dirais pas autant, Urward. Tu sens aussi mauvais que dans mes souvenirs. On dirait que tu as bouffé un cimetière.

Le géant éclata de rire et donna au mercenaire une bourrade capable d'assommer un cheval. Kenan ne broncha pas, ce qui déclencha un autre rire tonitruant.

À suivre…

Plus brillantes sont les étoiles
Extrait

Le transporteur en provenance de la Terre s'arrima à l'un des tunnels d'accès de l'astroport. Cette structure tentaculaire fourmillait en permanence d'activité. Des centaines de vaisseaux venant de toutes les colonies s'y croisaient, s'y arrêtaient, puis repartaient vers d'autres destinations, les flancs gonflés de marchandises. Les bâtiments de guerre y déversaient leurs troupes épuisées avant de retourner au combat. Toute l'humanité semblait se côtoyer dans les modules de cette base aux frontières de l'inconnu.

Les passagers du *C.S. Alice*, fatigués par un long périple, se pressaient dans l'exigu sas de sortie, impatients de découvrir ce carrefour des voies de navigations spatiales du secteur. Le brouhaha des multiples conversations rebondissait sur les parois métalliques avec un écho désagréable. Un imposant marchand, reconnaissable à la coupe élégante et fonctionnelle de ses vêtements, discourait avec une emphase un peu ridicule sur les inconvénients des voyages intersidéraux. Le jeune homme près de lui se contentait de hocher la tête de temps en temps, pour montrer son assentiment. Un couple tentait de calmer sa progéniture qui trépignait bruyamment dans l'attente de l'ouverture du compartiment. Leurs gamins poussaient des cris stridents comme seuls les enfants en sont capables, bousculant parfois leurs voisins qui leur jetaient des regards agacés. Au premier rang, des travailleurs patientaient en silence, la mine basse et le dos voûté. Un labeur épuisant les attendait et ils savouraient leurs dernières minutes de repos. À l'arrière du sas, des soldats de retour de permission braillaient les paroles paillardes de chansons à boire. Ils exhalaient des relents de bière bon marché qui soulevaient le cœur de la jeune femme juste devant eux.

Ava Morel s'écarta imperceptiblement des fêtards, se rapprochant ainsi du voyageur solitaire qui la précédait. Il paraissait somnoler, les bras croisés, le menton posé sur la poitrine comme si le tohu-bohu ambiant n'avait aucune prise sur lui. Elle l'enviait, car cette pièce bondée réveillait sa claustrophobie. Elle fit un pas supplémentaire pour échapper aux envahissants militaires ce qui, malheureusement, attira leur attention. À grand renfort de bourrades joyeuses, ils l'entourèrent aussitôt en la bombardant de commentaires graveleux. L'un d'eux, un géant blond aux yeux chassieux, se pencha pour tenter de lui voler un baiser. Elle se dégagea brusquement et heurta l'inconnu somnolant. Il réagit vivement, prêt à la sermonner, avant de comprendre la situation en un clin d'œil. Au lieu de s'en désintéresser, comme l'aurait fait n'importe qui, il s'interposa en se plaçant entre elle et ses harceleurs. Il planta son regard sombre dans celui de l'ivrogne, trop saoul pour s'en inquiéter. Le soldat cracha sur le sol, puis bouscula l'importun d'une rude bourrade. Il n'eut pas le temps de retirer sa main, l'autre lui avait déjà saisi le poignet avec dextérité avant de le tordre sèchement. Le poivrot poussa un tel cri de douleur que ses amis se précipitèrent à son secours. Ils s'arrêtèrent net lorsque le voyageur accentua sa prise, obligeant sa victime à se plier en deux pour suivre le mouvement imposé à son bras.

— Si votre camarade tient à son épaule, je vous conseille de reculer, lança-t-il d'une voix mélodieuse et étonnamment douce. Votre comportement est inadmissible. À quel vaisseau appartenez-vous ? Je me ferai un devoir d'informer votre capitaine de vos frasques.

Les soldats échangèrent des regards consternés. L'inconnu, qui parlait avec l'assurance d'un homme habitué au commandement, venait de les dégriser.

— Ce ne sera pas nécessaire, monsieur, déclara le plus âgé des militaires. Les gars voulaient juste s'amuser sans penser à mal.

— Je l'espère bien. Tenez-vous à carreau, si vous ne souhaitez pas passer les trois prochains mois en cellule.

— Oui, monsieur ! Ça ne se reproduira pas, je vous l'assure.

Le voyageur relâcha son prisonnier qui recula en gémissant. Sans ses compagnons, il se serait sans doute étalé sur le sol. Ils l'entraînèrent en arrière dans l'indifférence générale.

— Je vous remercie, déclara Ava d'une voix presque inaudible, encore choquée par cette mésaventure.

— Je vous en prie, c'est tout à fait naturel. Puis-je vous demander ce que vous venez faire si loin de la Terre ? ajouta-t-il en la gratifiant d'un regard appréciateur.

La jolie métisse à la peau mate, aux grands yeux verts qui éclairaient son visage harmonieux et délicat, avait l'air presque fragile au milieu de cette foule compacte. Elle écarta une mèche de cheveux noirs échappée de sa coiffure stricte se terminant par une queue-de-cheval qui battait entre ses omoplates, puis rosit sous l'intérêt que lui portait son sauveur. Elle chercha une réponse convenable suffisamment longtemps pour qu'il lève un sourcil interrogateur. Elle n'eut pas le loisir de lui bafouiller une quelconque raison, à supposer qu'elle ait eu envie de lui révéler la vérité. Dans un chuintement de vérins hydrauliques, la porte du sas s'ouvrit, libérant une bouffée d'air frais qui paraissait suave après l'atmosphère empuantie du compartiment surpeuplé. Aussitôt, le flot des voyageurs se dirigea vers l'extérieur, l'emportant dans son sillage.

Ava posa un pied précautionneux sur le sol en métal du tunnel d'accès et se laissa entraîner par le flux jusqu'au sas suivant, ouvrant sur le hall d'accueil des passagers de l'astroport. L'immense structure s'articulait telle une grappe de modules plus ou moins imposants, reliés les uns aux autres par des couloirs tubulaires. Elle se déployait en orbite d'une lune de la planète Vilam, l'un des derniers bastions du territoire terrien. Au-delà s'étendaient des régions inconnues, inexplorées et dangereuses, ainsi que les zones de conflit avec les Aezlakes. Cette guerre qui s'éternisait expliquait le comportement des soldats. À quelques heures d'embarquer et de retourner au combat, ils avaient voulu s'éclater. Qui pouvait les en blâmer ? Les Aezlakes avaient la réputation d'être brutaux et impitoyables. Selon les rumeurs, leurs vaisseaux surpassaient ceux de la Terre en puissance et en technologie. Sans la crainte d'être condamné pour défaitisme, les journaux auraient sans doute relayé l'opinion de beaucoup : cette guerre difficile serait presque impossible à gagner.

Loin de ces considérations, Ava regardait son sauveur s'éloigner et admira sa silhouette avantageuse. Elle devait admettre qu'il était séduisant. En plus d'être grand et bien bâti, son visage harmonieux à la peau sombre était éclairé par un large sourire dévoilant des dents blanches irréprochables. Il se dégageait de lui de la force et un charme dévastateur. Néanmoins, elle le chassa de ses pensées dès qu'il eut franchi le poste de douane. Elle n'était pas du genre à se morfondre. À son tour, la jeune femme s'approcha du portique.

— Qu'est-ce que vous venez faire ici ? lui demanda le garde sans même la regarder.

— Je dois embarquer sur un vaisseau de…

— Quelque chose à déclarer ?

— Non.

— Alors, passez ! Et dépêchez-vous, vous n'êtes pas toute seule.

Elle obéit précipitamment, surprise par le peu de contrôle. Un gros homme la bouscula, puis un groupe de travailleurs pressés. Ava s'éloigna de la foule, pour se plaquer contre une paroi. Une fois à l'abri, elle plongea sa main dans sa poche et en sortit un petit appareil oblong qui se déploya dès qu'elle appuya sur un bouton. Elle tapota sur l'écran souple pour afficher les informations dont elle avait besoin.

— Bien, je n'ai plus qu'à gagner ce dock « D », marmonna-t-elle en rangeant sa capsule.

Ava balaya du regard les panneaux lumineux de la station spatiale qui indiquaient soit des directions, soit des publicités de toutes sortes. Elle trouva rapidement ce qu'elle cherchait. Sa destination se situait à l'autre bout de cette base gigantesque. Elle souleva son sac et le balança sur son épaule avant de louvoyer entre les groupes de voyageurs pour s'engager dans l'un des couloirs permettant de quitter cette ruche humaine en pleine effervescence. Le long corridor était encombré de visiteurs pressés ou de promeneurs estomaqués par ce qu'ils découvraient. On reconnaissait aisément les nouveaux venus qui marchaient le nez en l'air en se dévissant le cou pour ne rien perdre du spectacle. Depuis de larges hublots, répartis tous les trois mètres, la Voie lactée s'offrait à leur vue, telle une splendide fresque aux couleurs fabuleuses.

La beauté de l'espace coupa le souffle d'Ava qui s'arrêta, le visage presque collé à la vitre, pour admirer une nébuleuse qui peignait de tons pourpres l'encre sombre du vide spatial. Depuis sa naissance, dix-neuf ans plus tôt, la jeune femme n'avait jamais quitté la Terre. Son voyage en seconde classe, à bord d'un cargo de transport, ne lui avait pas offert de vue sur l'extérieur. Le choc était d'autant plus suffocant. Elle avait l'impression d'être écrasée par cette immensité.

— Reste pas là ! beugla quelqu'un en la bousculant.

Elle se rendit compte qu'elle entravait le flux des passants et reprit donc sa route à pas lents, pour ne rien perdre du panorama. Elle faillit s'arrêter à nouveau pour admirer un magnifique vaisseau noir et argent qui s'approchait de la base. Il portait les couleurs des Forces Spatiales Terriennes.

L'astroport de Vilam accueillait les Corporate Ships de toutes les grandes compagnies terriennes qui acheminaient des marchandises entre les colonies et la Terre, transportaient des équipes de pionniers vers de nouvelles planètes, ou se préparaient à explorer des contrées lointaines. Les Military Ships venaient y panser leurs plaies et réparer leurs avaries avant de repartir au combat. À l'intérieur de cette ruche, les voyageurs croisaient des colons, des malandrins exploitaient les naïfs, des soldats ivres se défoulaient dans des bordels glauques.

À suivre

Autres romans

La Tapisserie des Mondes

Préludes

Plus brillantes sont les étoiles (avril 2021)

Yggdrasil – premier cycle

La prophétie (janvier 2016) – Réédition (juillet 2021)

La rébellion (juillet 2016)

L'Espoir (avril 2017)

Abri 19 (février 2018)

Les Larmes des Aëlwynns

Le prince déchu (novembre 2018)

Le dernier mage (2019)

La déesse sombre (2020)

Recueils de nouvelles
(avec l'association des auteurs indépendants du Grand-Ouest)

Légendes : Entre terres & mers (octobre 2017)

Jour de pluie (octobre 2018)

À propos de l'auteure

Depuis toujours, Myriam Caillonneau est captivée par les livres et les récits qui transportent le lecteur loin de son quotidien.

Néanmoins, elle choisit la carrière militaire et s'y consacre pleinement, sans perdre sa passion pour l'écriture.

En 2016, elle publie son premier roman qui rencontre un vif succès auprès des lecteurs et depuis, elle s'adonne à sa vie d'auteur.

Vous pouvez me contacter :
— sur mon site : https://www.myriamcaillonneauauteure.com/
— à cette adresse mail : myriam.caillonneau@gmail.com

Illustrations

*Le pont du diable
cocoparisienne (pixabay license)*

*Le jour où la pluie s'arrêta
kalhh (pixabay license)*

Éditeur

Myriam Caillonneau
myriam.caillonneau@gmail.com

Imprimé par Kindle Direct Publishing
Impression à la demande

ISBN : 979-10-95740-21-6

Dépôt légal : juillet 2021

www.ingramcontent.com/pod-product-compliance
Lightning Source LLC
Chambersburg PA
CBHW051400150726
48000CB00003B/1266